KB076124

흰 밤에 꿈꾸다

창비시선 431

흰 밤에 꿈꾸다

초판 1쇄 발행 / 2019년 4월 30일

지은이 / 정희성
펴낸이 / 강일우
책임편집 / 전성이
조판 / 한향림
펴낸곳 / (주)창비
등록 / 1986년 8월 5일 제85호
주소 / 10881 경기도 파주시 회동길 184
전화 / 031-955-3333
팩시밀리 / 영업 031-955-3399 편집 031-955-3400
홈페이지 / www.changbi.com
전자우편 / lit@changbi.com

ⓒ 정희성 2019
ISBN 978-89-364-2431-2 03810

흰 밤에 꿈꾸다

정희성 시집

창비

차
례

제4부

제 1 부

당신에게

세상에는 이름 모를 신이 많다
나는 자신이다
어쩌면 당신도 신
당신이라는 이름의 신인지 모른다

연두

봄도 봄이지만
영산홍은 말고
진달래 꽃빛까지만

진달래꽃 진 자리
어린잎 돋듯
거기까지만

아쉽기는 해도
더 짙어지기 전에
사랑도

거기까지만
섭섭기는 해도 나의 봄은
거기까지만

편지

'기루다, 기루어하다'라는 말이 있어요 '없어서 아쉽다'라는 뜻이 담긴 말인데 '그리다, 그리워하다'하고는 뉘앙스가 조금 다릅니다 만해 선생이 즐겨 쓰던 말이기도 한데요 나는 당신을 생각할 때마다 이 단어가 자꾸 떠올라요 지난 삼월 이래 생겨난 현상이지요

다시 만날 때까지
안녕

동강할미꽃은 고개를 숙이지 않는다

삼월은 봄보다 먼저 온다고 한 임화의 시 한 구절이 생각나는 춘분 무렵 동강할미한테서 꽃소식이 왔네 강원도 영월군 영월읍 섭사마을에서 농사꾼의 딸로 태어나 거기서 자라 자식 낳고 지금은 읍내로 나가 사는 동강할미 동강할미는 동강할미꽃을 닮아 머리가 일찍 희어졌지만 할미꽃 이름보담은 젊어서 아직 고운 꽃 그니 볼에 분홍이 아직 남아 있을 때 쓸 만한 사진 한장 찍어주고 싶은 마음인데 짐짓 동강할미꽃 사진만 몇장 찍어 보내주었지 사진이 뭔가 얘기를 하고 싶어하는 것 같다는 그니 말에 동강할미꽃은 고개를 숙이지 않는다고 써 보냈네 진달래가 피면 보러 오라지만 진달래 분홍 꽃물 들까 선뜻 대답을 못하였네

안녕들 하십니까

아침 인사 한마디에
가슴이 철렁 내려앉고
세상이 기우뚱거린다
이 불안한 나라에서
안녕한 게 죄스러워
얼굴 가리고 우는 아침

남주 생각

남주는 시영이나 내 시를 보며 답답하다는 말을 한 적이 있다 뉘 섞인 밥을 먹듯 하는 어눌한 말투가 마음에 들지 않았을 터이다 그러나 시영이나 나는 죽었다 깨도 말과 몸이 함께 가는 남주 같은 목소리를 내기 어려울 것이다 기껏 목청을 높여보았자 자칫 몸과 목소리가 따로 놀 테니까 시영이도 그렇겠지만 나는 나대로 감당해야 할 몫이 따로 있기도 하고 그렇지만 아무래도 이건 무슨 변명 같기도 하고 비겁한 듯도 하고 하여튼 일찍 간 남주 생각을 하면 내가 너무 오래 누렸다는 느낌이다

바위를 밀쳐내다

꿈에라도 그대를 생각하는 날 아침이면 기운이 넘쳐난다 기운이 넘쳐 바위라도 뚫을 것 같다 그런 날은 위험한 짐승 같은 내가 무서워 바위 근처에 안 간다

봄나무

저 나무가 수상하다

'아름다운 그대가 있어
세상에 봄이 왔다'
나는 이 글귀를
한겨울 광장에서 보았다

스멀스멀
고목 같은 내 몸이
싹을 틔울 모양이다

그런데 왜, 그런데도, 그런데
애니메이션 「개들의 섬」을 보고 생긴 의문

사람은 일본말을 하고
개들은 영어를 쓰네

그런데 왜

개 말만 자막 처리하고
사람 말은 번역 안하지?

그런데도

사람들은 도무지 못 알아먹을
소리만 계속 지껄여대는군

적어도 개들은 인간처럼
개 같은 짓은 안하잖아

그런데

이게 말이 되는 소리인가?

받아쓰기 1

어제는 비가 오더니
오늘은 쨍하고 해가 났다
가만히 창밖을 내다보던
아이가 혼잣말하듯

"햇빛 비치는 소리가 나네"

그분

일심교 지나 영축산
신령스런 수리가 살고 있다는
영축산 산 아래 서운암
서운암 장경각 팔만대장경의 길고 긴 길을
마니차 돌리듯
부처님 말씀 마음에 새겨 걷노라면
그분이 마음속으로 성큼 들어오시네
관세음보살
아니 부끄러워하신다면
손목이라도 잡고 싶네
아으 칠십 고개 너머 벼랑에 핀 꽃
꽃 꺾어 관음을 우러를 제
그 마음 들킬까 저어하노니
이 무슨 인연인가
손목 잡아 가죽끈 동여매주시고
차마 떨쳐
돌아서는 그분을

가보세 가보세

봄 이기는 겨울은 없다고 생각하며 한겨울을 난다
봄이 봄다워지기를 기다리다 어느새 여름이 되고
선들바람 불어 이제 살 만하다 싶으면 다시 겨울
사는 게 이게 아니지 탄식하는 순간 또 꽃이 진다
가보세 가보세 을미적 을미적 병신 되면 못 가리*

* 갑오농민군의 노래 한 구절.

그러나 그게 무슨 문제란 말인가

이런 시대에 사는 것 자체가 죄인데
나라 없던 시절의 친일 행적이나
독립투쟁이나 다 그게 그거 아니냐고
공이 있으면 과도 있게 마련이라고
광복절 대신 건국절을 기념하잔다
건국 이전은 글자 그대로 선사시대니까
건국 이전은 바람 부는 만주 벌판이니까
건국 이전은 말하자면 캄캄한
시베리아 벌판이나 다름없을 테니까
우리는 나라를 두번이나 빼앗겼다
한번은 제국주의 일본에
또 한번은 자신의 과거를 지우고 싶은
혹은 당당하게 미화하고 싶어하는
이 땅의 친일 친독재 세력에게
그러나 그게 무슨 문제란 말인가
개똥이 개똥을 반성하지 않는 것처럼
절망이 절망을 반성하지 않는 것처럼*

* 김수영의 시 「절망」을 떠올리며.

22

그의 손

사람들은 그의 손이 너무 거칠다고 말한다

손끝에 물 한방울 안 묻히고 살아온 손이 저 홀로 곱고 아름답지 아니한 것은 아니다 하지만 정작 세상을 아름답고 살 만한 곳으로 만들어가는 것은 기름때 묻고 흙 묻은 손이다

시는 어떤가

경칩

세상에!
등에 업힌 저 개구리들 좀 봐

겨우내 얼마나 힘들었을꼬

마른 눈물

무엇에 혈안이 되어 살아왔던가
충혈이 심해 안과에 가니
의사가 일회용 눈물을 처방한다
살아오는 동안 눈물이 바닥나버렸다
슬프다 슬픈 일을 당하고서도
눈물 한방울 흘릴 수 없게 되었으니

그럼에도 사랑하기를

시는 자신과의 싸움이라는데
나는 남과 너무 오래 싸워왔다
시가 세상을 바꿀 줄 알았는데
세상이 나를 바꾸어버렸다
문학 행사차 일본 다녀온 며칠 사이
곱지 않은 눈으로 세상을 쏘아보는
내 버릇을 들킨 게 틀림없다
"그럼에도 사랑하기를……"
김민정 시인이 책을 보내며
속표지에 써 보내준 글귀다
『아름답고 쓸모없기를』
연분홍 빛깔 고운 시집을 펼쳐 들며
다른 사람이 다칠세라 나도 잠시
마음 모서리를 누그러뜨렸다

이별 1

그대 떠나도
거기 있을 거야 나는

산이니까

이별 2

그대 보내고
우두커니 서 있네 나는

산이니까

제 2 부

보길도 예송리 민박집에서

갯돌 해변 물 쓸리는 소리에
민박집 문간방에서 잠이 깬다
뉘 집에서 쌀을 일고 있는가
먼 길 떠나는 길손이 있어
이른 아침을 짓고 있는가

북방긴수염고래가 내게로 왔다

바다보담 넓은 한지에
큰 시 한편 써 보내라고
오랜 세월 바위 속에 잠들어 있었다는
북방긴수염고래 한마리를 보내왔다
길이가 십팔 미터 무게가 백 톤이나 되는
이 고래를 보며 나는 겁이 덜컥 났다
이 일을 어쩐다지?
끙끙 앓다가 잠이 들었는데
꿈에 가위눌려 일어나보니
큰 해일이 나의 깊은 잠을 덮치고
반구대까지 밀려와서는
그 큰 반구대 바위를 깨워
먼바다로 데리고 나가는 것이었다
바위는 솟구쳐 하늘을 한번 우러르고는
길게 울음 울듯 물을 뿜어 올리더니
이내 깊은 물속에 꼬리를 감추었는데
그러고는 한순간에
칠천년이 흘러갔다

통점(痛點)

매운 것은 맛이 아니라
통증이라고 한다
아마 사랑도 그렇지 싶다
내가 아는 한 사랑에는
지울 수 없는 통점이 있다
처음 그것은 기분 좋은
설렘으로 시작되지만
가슴 어디께에 분명한
통증으로 온다

수작

나는 내가 이 세상 사람이 아닌 줄도 모르고
산 사람 행세를 하며 낮술 마실 궁리나 하고
갈 데나 안 갈 데나 푼수같이 휘젓고 다녔네

나는 영혼이 없는 사람
오늘은 또 어떤 허깨비를 만나 수작을 할까?

허무집 (虛無集)

김형영 시인한테 들은 말

강은교는 젊디젊은 나이에
첫 시집 『허무집』을 들고 가서
선배 시인들을 찾아뵈었다네
한 선배 시인은 말했다지 어떻게
허와 무를 모을 수가 있냐고
다른 시인은 말했다네 대단하이
젊은이가 허와 무를 모으다니

나는 자연을 표절했네

어떤 이는 말하네
시인은 말하는 사람이 아니라
보는 사람이고 듣는 사람이라고
나는 새의 목소리를 빌려
나무가 노래하는 소리를 들었네
그리고 그들의 말을 받아쓰네
이제 막 말을 배우기 시작한
어린 손녀가 창밖을 내다보며
저 혼자 하는 말도 받아 적네
아 자연은 신비한 것
세상 그 누구도 한 적 없는
한마디 말을 하고 싶지만
하늘 아래 새로운 것은 없네
어느 시인은 말했지
나는 자연을 표절했노라고*

* 이재무 시인의 「나는 표절 시인이었네」.

바이칼에서의 이별

그저 글썽이며 바라만 볼 뿐
강은 바위를 어루만지다
손을 놓고
흘러서 흘러서 북해로 가네

새 발자국

알혼섬 북부
2차 세계대전 당시 포로수용소가 있던
뻬씨안까 모래사장
고통으로부터 날아오른
무수한 새 발자국

차라리 청맹이기를

눈 뜨고도 못 보던 시절이 있었는데
안 보이던 헛것까지 다 보이네
너무 오래 어둠 속에 살아서일까
다 늙어 눈이 밝아질 건 뭔가
안 봤으면 좋을 꼴 보는 괴로움

낮술

북에서 핵폭탄 날린다고
남에서는 설레발치는데
세월아 네월아 나는
낮술 마실 궁리나 하고 있네
벗이여 나무라지 마시게
난들 왜 괴로움이 없겠는가
요순 같은 시대라면
어디 이런 걸 시라고 내놓겠는가
흙덩이나 고르며
노래하고 싶었네
아아 절규도 노래도
사라진 시대의 낮술 한잔

국화를 던지다

경찰을 향해 시위대가
국화를 던졌다는 기사를
국회를 던졌다로 잘못 읽었네
왜 그랬을까 꽃이 아니라
돌을 던지던 시절이 있었지
기왕이면 경찰도 방패 대신
국화를 들었으면 좋겠네
촛불이 횃불로 변하기 전에
국화를 들었으면 좋겠네

반성

내가 잘 아는 신이영 형은 신석정 시인의 조카
석정시낭송대회에 가서 여인네들에게 둘러싸인
내가 못마땅했던가 아니면 부러웠던가
나도 나중에 할 일 없으면 시나 써야지 그런다
나는 그이가 할 일 없어질까 겁난다
죽기 살기로 시를 쓸 일이야 없다손 쳐도
자나 깨나 시를 생각하는 시인은 24시간 노동자
요즈음은 하루 놀면 하루는 쉬어야 할 나이지만
실은 나도 내가 할 일 없어지는 게 두렵다

신현정

더는 이 세상 사람이 아닌
그의 시를 읽고 나서
나도 좀 착하게 살아야겠다 생각했다
더 늦기 전에
남의 집 마당이라도 쓸어주고는 가야 할 텐데
풍뎅아
어린 시절
네 목을 비틀어서 미안하다

질문

석달에 한번 혈압을 재고 약을 처방해주던
담당의가 여의사로 바뀌자 질문도 달라졌다
의사가 물었다 혈압약 말고 무슨 약을 먹냐고

오메가 쓰리요
또?
비타민 씨요
또?
제텐 씨요
아연 아니에요? 그건 왜 먹지요?
……그냥요

나는 괜히 멋쩍은 생각이 들었다
처방전을 받아 들고 나오면서 자신에게 물었다

왜 먹었지?

그것은 참살

경인년 11월
경북 안동에서 구제역이 발생
60일째 되는 날 아침 마침내
가축 272만마리를 살처분했다는
뉴스 보도가 있었다
하늘에는 울음소리 가득하고
땅에는 핏물이 흥건했다

경인년에 이어 신묘년
또 조류독감이 발생하자
땅을 깊이 파고 마지막
새벽 알리는 닭 울음소리마저
송두리째 파묻어버렸다
세상이 적막했다

시절이 하 수상하여
갑오년 봄을 맞기가 불안하더니
밤에 제주로 가던 세월호가
진도 앞바다에 이르러 침몰

수백명 어린 생명들을
속수무책으로 바다에 수장시키고
사십구재가 지나도록
그 쓴 바다 깊이를 모른다

마음은 봄

사랑은 예기치 않은 순간에 오고
이 겨울 나는 괴로움에 뒤채네
아아 마음은 봄인데 창밖엔 눈

시베리아 횡단열차를 타고

흰 밤 창밖으로
한없이 너른 벌판을 바라다보았다

불현듯 내가 다족류 벌레처럼 작아졌다

박씨

정처 없어라

구정물통에
박씨 하나

제 3 부

가을의 시

이 자본주의 사회에서
살아 있다는 것만으로도
가을은 얼마나 황홀한가
황홀 속에 맞는 가을은
잔고가 빈 통장처럼
또한 얼마나 쓸쓸한가
평생 달려왔지만 우리는
아직 도착하지 못하였네
가여운 내 사람아
이 황홀과 쓸쓸함 속에
그대와 나는 얼마나 오래
세상에 머물 수 있을까

비밀 정원

가여운 내 사랑 숲속에 두고 왔네
나무들이 그걸 기억하고 있으리
그대와 나의 숨결 어린 깊은 그곳에
나 돌아가 새가 되어 울며 노래하리

받아쓰기 2

유리창에 붙어 서서
마당을 내다보던 아이가
"엄마 누가 오셨어요"
올 사람 없는데 누구일까
엄마가 가보니

여치 한마리

대인(大人)

공중을 나는 새를 봐라
쟤네들이 돈 쓰고 사는 거 봤냐

그 말 끝나기 무섭게
코 고는 소리

문이 열렸다 닫힌다

너븐숭이*

흙은 살이요 바위는 뼈로다
두살배기 어린 생명도 죽었구나
신발도 벗어놓고 울며 갔구나
모진 바람에 순이 삼촌도
억장이 무너져 뼈만 널브러져 있네

* 제주 북촌 너븐숭이에는 4·3기념관과 애기무덤과 희생자 위령비
  와 현기영의 「순이 삼촌」 문학비가 서 있다.

꿈꾸는 나라

장난감 총으로 혁명을 하겠다는 무리가 있는가 하면
그걸 또 내란 음모로 몰고 가는 세력도 있습니다
바야흐로 첨단의 시대에 우리가 살고 있지요
여기가 첨단인데, 미래가 있을까요?

도천수관음가(禱千手觀音歌)

김정헌 화백의 말을 빌려

겨울나무여 봄이 오면
가지마다 꽃눈 트니
그대가 천수관음이로세
무릎 꿇고 손 모아 비오니
눈멀어 어두운 내 마음에
빛이 되어 오소서
아으 즈믄 겹 어둠 갇힌
누리에 꽃눈 틔우소서

북방에서

연암은 말을 멈추고 요동벌을 바라보며
한바탕 목 놓아 울 만한 곳이라 했다지만
벗이여
칠월에 장마가 그치지 않거든
거기서 내가 울고 있는 줄 알라

독서일기 2

서정시를 쓰기 힘든 시대가 되었다
현실사회주의가 붕괴된 지 오래되었지만
오늘 나는『공산당선언』이 다시 읽고 싶어진다

　──하나의 유령이 유럽을 떠돌고 있다, 공산주의라는
유령이. 옛 유럽의 모든 세력이 연합하여 이 유령을 잡기
위한 성스러운 몰이 사냥에 나섰다. 교황과 차르, 메테르
니히와 기조, 프랑스 급진파와 독일 경찰들이.
　정권을 잡은 반대파들에게서 공산주의적이라고 비난받
지 않은 야당이 어디 있으며, 좀더 진보적인 반대파나 반
동적인 적수들에게 공산주의라는 낙인을 찍으며 비난하
지 않는 야당이 어디 있겠는가?*

여기까지 읽다가 나는 책을 덮는다
이는 19세기 중엽의 일이다
그런데도 '유럽'을 '한반도'로 바꾸어놓고 보면
그대로 '지금 여기'가 아닌가
게다가 이 땅에 교황과 차르, 메테르니히와 기조를 대신
할 사람은 얼마든지 있다

나는 생각한다, 잘 모르고 하는 소리인지 모르지만
유럽은 선언을 너무 서둘렀던 게 아닐까
그렇다고 해서 우리나라가 선언으로 맞서야 할 적기가
바로 지금이라고 말할 수도 없다

잠이 오지 않는다
서정시를 쓰기 힘든 시대가 되었다
그러나 내가 가진 것은 이것뿐
내게 노래가 없다면
내게 꿈마저 없다면
나는 무엇인가
마지막 한줌의 힘이 빠져나갈 때까지
나는 이것을 손에서 놓지 않으리

* 카를 마르크스·프리드리히 엥겔스 『공산당선언』, 이진우 옮김,
  책세상 2002, 15면.

무지개로 서다

세월호참사 109일째 되던 날
광화문광장에서 유가족들을 위로하는
작은 음악회가 열렸다
나는 「숲」과 「그리운 나무」 두편의 시를 낭송하며 이렇
게 덧붙였다

"이 일을 두고 우리는 참사라고 합니다. 비참하고 끔찍
한 일이라는 뜻이지요. 그러나 생각해보면 이것은 단순한
사고가 아닙니다. 수백명 어린 목숨들을 수장시킨 이 사건
은 '참사'가 아니라 '참살'입니다. 게다가 이 일이 있은 지
백일이 훌쩍 지나고도 아직 정부에서는 원인조차 밝히지
못하고 있습니다. 여당은 며칠 전에 있은 재보궐선거에서
몇석 더 얻었다고 승리자연하며 이대로 '세월호'를 덮으려
하지만 국민은 결코 가만히 있지 않을 것입니다."

그러는 사이 하늘이 어두워지고
후두둑 한바탕 소나기가 지나가더니
빌딩 위로 무지개가 섰다
누군가 그걸 찍어 트위터에 올렸는데

학교에서 퇴근하던 내 딸 주영이가 보고
문자를 보내왔다

"아이들이...
일곱 빛깔 무지개로...
순수하고 예뻤던...
그 모습 그대로...
그렇게 그 자리에 왔던 걸까요...
문득 울컥"

그 말이 하도 갸륵하고 예뻐
잊지 않으려고
바로 이렇게 기록해둔다

장경호 화백의 말

내가 이 집에 왜 또 왔나
목을 치려 해도 칠 말이 없네
술이나 한잔 어여 내오시게
내 목 내가 칠 수야 없지 않나

유쾌한 식사

옛날 서울 문리대가 있던
마로니에공원 근처
정한모 조병화 시인이
자주 드나들었다는
석정이라는 작은 일식집
낮에 김재홍 교수를 만나
'고래' 동인지를 전해주며
초밥 한접시 안주 삼아
히레사께 몇잔을 마시는데
남은 새우초밥 한점을 두고
서로 사양하던 끝에
마침내 김교수 왈
새우가 목숨을 바치는데
고래가 드셔야죠 해서 하하
못 이기는 척 내가 먹었다

홍두깨타령
안상학 시인한테서 들은 오래된 안동 우스갯소리

밀가리가 있으면
콩가리를 빌려다가
칼국시 맹글어 먹으면 좋을 낀데

생각해보니
홍두깨가 없네

광장에서

오랜만에 만난 친구한테
별일 없었냐고 물었더니

나는 문제 없어
나라가 걱정이지

시법(詩法)

광각렌즈를 손에서 내려놓았다
화면에 무엇을 담을까보다
무엇을 뺄까를 생각하게 된다
단렌즈로 갈아 끼우고
대상에 한걸음 다가간다
물리적 거리가 아니라
심리적 거리를 좁혀야 하리라
배경이 흐릿해지고
사물이 한결 또렷해 보인다
옛사랑의 눈동자처럼

그네들만의 축제

올해가 광복 칠십주년이니 내 나이 칠십이다 특별한 해이니만큼 나한테나 그동안 숨죽이고 살아온 남과 북의 주민들에게도 숨통이 트일 무슨 좋은 일이 있기를 바랐다 그런데 뜬금없이 광복절을 앞둔 시점에 북측이 '목함지뢰 도발'을 감행했다는 보도가 있었고 이어서 남측이 대북 심리전 방송을 재개하면서 일촉즉발의 전쟁 위기로 내몰렸다 가까스로 고위급 접촉을 통해 합의문을 이끌어내면서 일단 급한 불은 껐다고 하지만 사태는 여전히 불안하다 그래도 그만하기 다행이다 싶어 후유 한숨 내쉬고 축배는 아니더라도 나도 혼자서나마 한잔하고 싶다 청와대에서는 북측의 사실상의 사과를 얻어낸 것은 대통령의 일관된 통일정책의 결과라고 "원칙 승리"를 외치며 여당 의원들을 불러 축배를 들었던 모양이다 그런데 또 오늘 신문을 보니 무슨 장관을 한다는 자가 의원 연찬회 자리에서 잔을 들고 "총선 필승"을 외쳤다니 아하 안보가 총선에 미치는 영향이 어떤 것인지 실감하겠다 더위도 가시지 않았는데 벌써 북풍이 부는구나

영광

정부가 남북관계 긴장을 고조시키며
일촉즉발의 전쟁 위기로 몰아갈 즈음

누군가 귓속말로 일러주었다
너는 블랙리스트라고
영광이 아니냐고

그 순간 모골이 송연해졌다
번개처럼
칠십년 전 보도연맹사건이 뇌리를 스쳐 지나갔다

제 4 부

집에 못 가다

어린 시절 나는 머리가 펄펄 끓어도 애들이 나 없이 저희끼리만 공부할까봐 결석을 못했다 술자리에서 그 이야기를 들은 주인은 어머 저는 애들이 저만 빼놓고 재미있게 놀까봐 결석을 못했는데요 하고 깔깔댄다 늙어 별 볼 일 없는 나는 요즘 거기 가서 자주 술을 마시는데 나 없는 사이에 친구들이 내 욕 할까봐 일찍 집에도 못 간다

시인의 집에 가서

바닷가 아침하늘 마을에
시인의 집이 있네
언제고 거기에 다시 가면
한나절 넋 놓아 주저앉아서
오월 보리숭어 뛰어오르는
금빛 저녁노을을 바라보리
늦도록 시상에 잠겨 있다가
썰물 진 아침 바다 박차고
거짓말처럼 솟구쳐 오르는
눈먼 숭어 같은 시나 한수
기어이 건져 올리고 말겠네

김사인

천년을 기약하고 하는 말이니
그가 달팽이 배밀이로 하는 말이
속 터지게 느리기는 하여도
말귀를 알아먹는 이의 귓속에
언젠가 가닿기는 닿을 터이지
사람들아 귀가 있더냐 들었거든
천년 만에 한번쯤 눈흘레하듯
찡긋하고 시늉이나 해볼 일이다

금광석 시인

김정환의 시는
금가루가 박혀 있는 돌과 같다

최정례 시인은 그의 시에서 "삶의 음풍농월이 시라면/
삶은 어쩌라고?"(「보유-카탈루냐 지도 재고(再考)」)라는 명구
를 발견하고는 "복잡한 문장 속에 숨은 이런 심오한 명랑
성을 찾는 재미에 김정환의 시를 읽는다"고 말한다

노래 잘하는 김광석이 있었지만
그는 금광석이라 부를 만하다

품

전쟁통에 폭탄이 쏟아지는데
아빠는 가방으로 머리를 가리고 납작 엎드리고
엄마는 두 아이 머리를 감싸 안고 엉거주춤 엎디었다고
이숭원 교수가 말머리를 꺼내자

엄마는 바다와 동의어라고
신달자 시인이 한마디 거드는

사이

어려운 시절 저 살기 바쁘다고
암탉처럼 후배들을 품어주지 못한 게
나는 못내 아쉬웠다

예감

울산에 가서 보았다
저녁 무렵
까마귀들이 어지럽게 하늘을 날다가
일제히 전깃줄 위에 내려앉는 것을

닥쳐올 어둠을 예고하는 천상의 악보 같은
동중정(動中靜)의 하늘
한가운데

전깃줄이 없다면
까마귀들은 어디에 가 앉을까

구절초

구읍 집 마당귀엔
구절초가 성글고

무채색 옷에
담홍색 낯빛

여인은 아이를 낳고도
돌계집이라 불렸다

나이 서른에 사내 멀리하고
명륜당을 지켜오며

구절초 쑥쓸한 향이
온몸에 배도록

바람에 설레는
가을의 여인

안거(安居)

스님들에겐 하안거 동안거가 있다고 하나
이제 집도 절도 없는 나에게는 사계절이 다 안거다
내가 무다헌에서 차와 술로 세월을 보내는 동안
험한 세월을 만나 그냥 안거만 할 수 없어
세상과 맞서왔던 덕원 스님은 이제
하안거 동안거는 절집에서 좋이 지내시다가
어디서 눈먼 돈이 좀 생기고
봄눈 녹을 만하면
혹은 낙엽 질 때쯤이면
세상에 춘안거 추안거 하러 나오셔서
허전해하는 나를 달래 술공양을 베푸신다

흰 밤에 꿈꾸다

좀처럼 밤이 올 것 같지 않았다
해가 지지 않는 사흘 밤 사흘 낮
시베리아 벌판을 바라보며
어떤 이는 칭기즈칸처럼 말달리고 싶다 하고
어떤 이는 소떼를 풀어놓고 싶어하고
어떤 이는 감자 농사를 짓고 싶다 하고
어떤 이는 벌목을 생각하고
또 어떤 이는 거기다 도시를 건설하고 싶은 눈치였다
1907년 이준 열사는 이 열차를 타고 헤이그로 가며
창밖으로 자신의 죽음을 내다보았을 것이다
이정표도 간판도 보이지 않는 이 꿈같이 긴
기차 여행을 내 생전에 다시 할 수 있을까
그런 생각을 하며 지그시 눈을 감는데
누군가 취한 목소리로 잠꼬대처럼
"시베리아를 그냥 좀 내버려두면 안돼?"
소리치는 바람에 그만 잠이 달아났다
더 바랄 무엇이 있어 지금 나는 여기 있는가
좀처럼 잠이 올 것 같지 않았다
가까스로 밤에 이르렀지만

아침이 오지 못할 만큼 밤이 길지는 않았다

주여 이 나라를 불쌍히 여기소서

손을 뒤집으면 구름이요 엎으면 비
그 여자, 요술쟁이 그 여자
죽은 파시스트의 피를
가슴 깊이 감춘 여자
그 여자를 무등 태운 어릿광대들이
나발을 불며 거리에서 외쳐댄다
역사는 개나 물어가라!
역사는 개나 물어가라!

헌화가

가을 물살에 꽃 한송이 띄워 보내느니
사무쳐 그리는 이 있음을 그대 아시거든
초승달 같은 눈짓으로 시늉이나 해주시게

백제행

백제가 유네스코 세계문화유산으로 등재되었다
세계가 여기에 나라 하나 새로 세운 것과 다름없다
삼국시대 이래 나라 없는 사람들의 삶이 어떠했을꼬
이 고통은 그러나 우리에게 낯선 것이 아니다
이 고통이 오랜 세월 부소산을 부소산으로 온전히 서 있
게 하고
이 설움이 백마강을 백마강으로 면면히 흐르게 했을 것
이다
이 산하에 떠도는 나라 없는 백성의 혼불이
마침내 수많은 독립운동가의 피를 끓게 하고
그 솟구친 힘을 받아 이 땅에 독립기념관을 세웠거니
일어서라 백제혼!
지나는 자 여기 말을 세우고 옷깃을 여미시라

작은 별

2015년 9월 4일 오전 10시 37분
쉬잇 조용히!
지금은 우주가 형성되는 시간
꼬미*가 첫울음을 터뜨렸다
이로써 나의 우주에는
작은 별 하나가 더 생겨난 것이다

* 나의 첫 손주 태명.

독서일기 3

한학 하는 정민 교수가 번역해 보내준 이덕무의 글을 읽다가「좀벌레」에 이르러 무릎을 치며 감탄을 금치 못했다

— 흰 좀벌레 한마리가 내 『이소경(離騷經)』에서 추국(秋菊) 목란(木蘭) 강리(江籬) 게거(揭車) 등의 글자를 갉아 먹었다. 내가 처음에는 너무 화가 나서 잡아 죽이려 했었다. 조금 뒤 따져보니 또한 능히 향초만 갉아 먹은 것이 기이하였다. 그 기이한 향기가 머리와 수염에 넘쳐나는지 살펴보고 싶어서 아이를 사서 반나절을 온통 뒤졌더니 홀연 좀벌레 한마리가 꿈틀꿈틀 기어나오길래 손으로 이를 덮쳤더니 빠르기가 흐르는 물과 같이 달아나버렸다. 단지 은빛 가루만 번쩍이며 종이에 떨어졌을 뿐 좀벌레는 끝내 나를 저버리고 말았다.*

혼자 보기 아까워 여기 옮겨 적어본다 잠시 책을 덮고 조용히 생각해보니 서글퍼진다 오십년이나 써온 내 글 가운데 좀벌레가 좋아할 만한 향기로운 글자가 몇자나 될까

* 정민 『한서 이불과 논어 병풍』, 열림원 2018, 49면.

84

다시 연두

연두라는 말 참 좋지
하지만 연두는
변하기 쉬운 색

삶의 갈피갈피마다
바람이 불고 비가 오고
해와 달이 갈마들어

돌이켜보면 지난날
우리도 한때 연두였음을
기억하게 되지

꼴라주 병신년 한국전쟁사

기사 1

"박대통령, 9년 전부터 '개성 자금으로 핵실험'"

박근혜 대통령은 9년 전 북한 1차 핵실험 당시에도 개성 공단 중단을 강하게 주장했다.

이번 공단 가동 전면 중단의 이유인 '유입자금의 북한 핵·미사일 개발 전용'을 근거로 내세우면서. 개성공단 을 '핵무기 돈줄'로 인식하고 '북한 제재 수단'으로 바라 보는 박대통령 시각이 개성공단 전면 중단 사태까지 이어 져온 셈이다.

박대통령은 북한의 1차 핵실험 이틀 뒤인 2006년 10월 11일 "극심한 경제난에 시달리는 북한이 어떻게 핵개발을 할 수 있었겠느냐"며 "경협(경제협력)과 개성공단 등을 통해 열심히 지원해준 자금으로 실험한 것 아니겠느냐"고 말했다. 뒤이어 자신의 홈페이지에도 글을 올려 "핵문제 가 해결될 때까지 국민 세금이 들어가는 정부 차원의 모든 대북 지원을 즉각 중단(해야 한다)"며 포용정책을 강력 비 판했다.

당시 박대통령은 한나라당 대표 임기를 마치고 2007년 당내 대선 경선을 준비 중이었다.

그즈음 개성공단에 대한 박대통령 표현은 강경일변도였다. '핵실험이나 핵무장하는 재원 마련에 도움이 되는 사업' '핵개발에 자금을 대주는 모양새' 등이었다. 그해 1월 경향신문과의 '대권주자 인터뷰'에서도 "달러가 들어가는 개성공단 등은 중지해야 한다"고 말했다.

비슷한 시기 기자간담회에선 식량·비료 등 인도적 지원 중단도 제재수단으로 넓혔고, "선거가 여야의 대결이 아닌 야당 대 북한·여당의 합작 구도로 치러질 수 있다"며 현재 더불어민주당 등이 제기하는 '북풍 견제' 발언을 내놓기도 했다.

이같은 발언들은 17대 총선 직전 밝힌 '유연한 대북정책' '남북 경제공동체 목표'에서 '대북 강경론'으로 돌아선 것이었다. 이후 선거 즈음마다 일부 변화는 있었지만 개성공단에 대한 기본인식은 현재까지 유지된 것이다.

(경향신문 2016. 2. 16. 유정인 기자)

기사 2

"미, 본토 해병 4500명 스텔스 상륙함 타고 한반도로 출발"

북한의 핵실험, 미사일 발사에 이은 추가 도발 우려로 한반도의 군사적 긴장이 최고조로 치닫고 있다. 미국은 핵잠수함 등 첨단 무기들을 한반도 주변으로 이동시켜 군사훈련을 실시하고 있으며, 북한도 이동식 대륙간탄도미사일(ICBM) 부대인 'KN-08여단'의 배치를 서두르고 있다.

군 당국에 따르면 미국은 15일 핵추진 잠수함 노스캐롤라이나함(7800t급)을 동해로 급파해 우리 해군과 함께 연합훈련을 실시했다.

앞서 텍사스의 패트리엇(PAC-3) 미사일 부대를 오산미군기지에 배치하기도 했다. 다음달에는 핵추진 항공모함 존 C 스테니스함도 한국에 보낼 계획이다. 한·미 연합훈련인 키리졸브·독수리훈련에 참가하기 위해서다.

스테니스함(배수량 9만7000t)은 호넷(FA-18) 전투기, 조기경보기 호크아이(E-2C) 등 첨단 항공기들을 탑재하고 있다.

국방부 관계자는 "북한군의 추가 도발에 대비해 지난주 '한·미 공동작전기획팀(OPT)'의 작전계획 회의가 있었다. 양측이 향후 한반도에서 펼칠 작전에 대해 논의했다"고 전했다.

이 계획에 따라 한·미 해군은 17일 북한 잠수함에 대한 대응 능력 강화를 위해 양국 해상초계기가 동참하는 훈련을 실시한다. 이 훈련에는 한국의 P-3 해상초계기 1대와 미국의 P-8 포세이돈 해상초계기 1대가 참가한다.

미 해병대도 스텔스 상륙함을 타고 한반도로 오고 있다. 군 관계자는 "다음달 초로 예정된 쌍용훈련에 참가하기 위해 지난 12일 미국에 주둔하고 있던 해병대 4500명이 한반도로 출발했다"며 "동·서해 주요 거점에 동시 상륙해 평양을 최단 시간에 점령하는 훈련 등을 펼칠 예정"이라고 말했다.

훈련에 참가하는 미 해병 13원정대는 레이더에 잡히지 않는 스텔스 상륙함 등을 이끌고 온다. 미국 본토의 상륙부대가 한국 작전에 투입되는 건 이번이 처음이다.

한국군도 민첩한 움직임을 보이고 있다. 군은 해상으

로 기습 침투하는 북한의 공기부양정을 격퇴할 수 있는 2.75인치(70mm) 유도로켓(로거)을 최근 실전 배치했다.

군 관계자는 "사거리가 5~8km인 이 유도로켓은 서북도서 해상으로 고속 침투하는 북한의 공기부양정을 공격하는 무기"라고 설명했다.

군은 또 북한의 도발 원점을 초토화시킬 수 있는 다연장로켓 '천무'도 서북도서에 배치했다. 북한군의 장사정포를 무력화할 핵심 화력으로 사용하기 위해서다. 국방부는 보다 정밀한 적 탐지를 위해 군사위성 도입도 추진하고 있다.

이에 맞서 북한은 'KN-08여단'의 실전 배치 등 대대적인 미사일 공격 체계를 준비하고 있다.

군 관계자는 "최근 북한이 서북도서 북방한계선(NLL) 인근에서 대규모 해상 사격훈련을 했던 것으로 파악됐다"며 "북한의 장사정포와 방사포의 이동 및 공기부양정 등의 훈련 상황을 예의주시하고 있다"고 말했다.

(중앙일보 2016. 2. 16. 현일훈 기자)

기사 3

"실연한 코끼리 화풀이로 차량 열다섯대 부숴"

(TV 화면으로 자막이 지나가고 기사내용 없음)

기사 4

"스마트한 전쟁은 없다"

싸움이 정 하고 싶으면
장수들끼리 칼싸움을 하거나
말에서 내려와
팔씨름을 하면 된다
불안하니까 요즈음
이런 말도 안되는 꿈만 꾼다
남과 북이 전쟁을 하면
누가 이길까

그야 물론 미국이 이긴다
나는 기교적으로 말하지 않겠다
그 결과는 그러나 참담하다

Anybody there?

무애(無碍)의 받아쓰기

정민

1

나는 시인을 잘 모르고, 시인도 나를 모른다. 그는 시단의 어른이고, 나는 한시를 풀이하고 연암과 다산을 공부하는 한문학자다. 마주 닿을 곳이 없다. 시인의 시집 속에 내 책의 구절을 인용한 시가 있고, 시인이 연암을 좋아하며, 중간중간 한시의 표현이 녹아든 구절이 있는 것 말고는 내가 끼어들 틈이 없다.

1980년대 초 내게도 「저문 강에 삽을 씻고」를 외우던 문청 시절이 있었다. "흐르는 것이 물뿐이랴/우리가 저와 같아서" 하고 운을 떼면 고였던 슬픔이 스르렁 흘러가는 소리를 냈다. 그때는 다 아득하고 막막했다. 그러니까 이 글은 그 시절의 막연한 위로에 대해 내가 시인께 돌려드리는 헌사인 셈이다.

연구할 작정은 아니었지만, 그간의 시집 후기를 일별했다. 첫 시집 『답청(踏靑)』 이후 1978년에 펴낸 『저문 강에 삽을 씻고』에서 시인은 "나는 주로 내가 사는 시대의 모순과 그 속에서 핍박받는 사람들의 슬픔에 관해 써왔지만, 그것이 진정한 신념과 희망과 용기를 주는 데 이르지 못했음을 부끄럽게 여긴다"라고 썼다.

1991년 『한 그리움이 다른 그리움에게』 후기에서는 "문득 밤낚시를 드리우던 기억이 난다. 가슴이 철렁하도록 찌가 한번 솟구쳐 오르기를 기다리다가 날이 샜다. 생각하건대 내가 시를 써온 일이 이와 같았다."라고 적었다. 깔짝대는 작은 움직임에는 눈길을 주지 않고, 월척이 찌를 물고 쑥 들어갔다가 솟구쳐 오르는 그 한순간을 기다려 시를 써왔다는 것이다.

2001년의 『시를 찾아서』에서는 "어언 30년 세월 동안 나는 '말 줄이기' 훈련을 해온 셈이다. 묵언(黙言)으로써 말을 하는 경지를 넘본 것은 아니로되 말을 많이 하는 것은 피곤하다"라고 말한다. 그러다가 2008년, 『돌아다보면 문득』에서는 "세상이 아프니 내가 아프다./(…)/나는 병이 없는데도 앓는 소리를 내지는 않는다./(…)/스스로 세상 밖에 나앉았다고 생각했으나/진실로 세상일을 잊은 적이 없다."라는 구절에 내 눈이 멎었다.

이것이 2013년 『그리운 나무』에서는 다시 "시가 어지간히 짧아졌다./'절정에 가까울수록 뻐꾹채꽃 키가 점점 소모된다'는/지용의 시 한 구절이 생각난다./어떻게 하고 싶은 말을 다 하고 살겠는가./그저 손을 들어 소리의 높이를 가늠할 따름이다."가 되었다.

그간의 시집을 일별해보니 세상의 슬픔과 아픔에 공감하고 아파하는 시선과, 말을 줄여 절정의 언어로 다가서려는 내면의 결벽이 늘 겹쳐져서 엇갈려온 느낌이다. 하고 싶은 말을 다 하고 살 수는 없지만, 그렇다고 침묵하지도 않겠다는 것이다. 다만 말을 머금어 조금씩 짧아질 뿐이다. 언어란 본래 무력한 것이어서 더 그렇다. 이번 시집에도 짧아진 절정의 언어와 아픈 세상을 향한 신음의 언어가 어깨를 겯고 있다. 나는 '소모된' 키의 뻐꾹채꽃이 더 좋다.

2

조선 후기 시인 이옥(李鈺, 1760~1815)이 지은 「이언(俚諺)」이라는 한시 연작은 당시에도 말 많고 탈 많은 작품이었다. 이옥이 이 연작시의 서문 격으로 쓴 「이언인(俚諺引)」의 한 대목을 조금 풀어서 소개한다.

객이 시인에게 왜 이따위 시를 지었느냐고 따졌다. 그가 대답한다.
"내가 지은 게 아니오. 조물주가 그렇게 시킨 것이지."

"그럼 이 시가 당신이 지은 것이 아니란 말인가?"

"그건 짓게 만든 사람이 지은 것이오. 그게 누구냐고? 천지만물이라오. 숲에 바람이 불어 꽃이 지면 어지럽게 쌓이지요. 자세히 보면 붉은 것은 붉고 흰 것은 흽니다. 저마다 제 빛깔을 지녀 각자 제 소리를 냅니다. 한편의 시는 자연 속에서 천지창조 때부터 이미 갖춰져 있는 것입니다. 천지만물과 시인의 관계는 꿈에 의탁해서 실상을 드러내고, 키(箕)를 까불러 정을 통하게 하는 데 지나지 않지요. 천지만물이 시가 되려 할 때는 사람의 귀나 눈으로 쏙 들어와 단전 위를 맴돌다가 입과 손 위로 줄줄이 빠져나오니, 그 사람과는 아무 상관이 없다오. 석가모니가 공작새 입을 통해 배 속에 들어갔다가 잠시 후에 공작새의 뒤꽁무니로 되나오는 격이라고나 할까? 이때 이것은 석가모니의 석가모니일까요? 아니면 공작새의 석가모니일까요? 결국 시인이란 천지만물의 이야기를 옮겨 적는 통역이고, 천지만물을 그려내는 솜씨 좋은 화가일 뿐인 게지요. 나의 시는 내 눈으로 보고 내 귀로 들어서 받아 적은 것일 뿐, 내가 지은 것이 아닙니다. 저 다정한 천지만물은 어디서든 나를 따라와 제 이야기를 들려주니, 내가 짓지 않을 수가 있겠소? 나는 내게 들어온 천지만물의 이야기를 제대로 받아쓰지 못할까봐 전전긍긍할 뿐이라오."

이것이 바로 이옥의 받아쓰기 시론이다. 시인은 천지만물이 하는 말을 받아 옮겨 적는 대술자(代述者)다. 자기 생각이 필요 없고, 불러주는 대로 그저 받아 적기만 하면 된다. 그 소리를 들을 줄 아는 사람이 적은 게 늘 문제긴 하지만 말이다.

정희성 선생의 이번 새 시집에서는 이 '받아쓰기'의 시가 유독 눈길을 끈다. 어린 손녀의 혼잣말을 받아쓰고, 술자리에서 들은 후배 시인의 이야기를 받아 적고, 책 읽고 신문 보다가 만난 한 대목을 옮겨 적는다. 중계방송하듯 툭 던지고 정작 자신은 한걸음 뒤로 물러선다.

시인의 받아쓰기 시론은 「나는 자연을 표절했네」에 그 설명이 친절하다.

어떤 이는 말하네
시인은 말하는 사람이 아니라
보는 사람이고 듣는 사람이라고
나는 새의 목소리를 빌려
나무가 노래하는 소리를 들었네
그리고 그들의 말을 받아쓰네
이제 막 말을 배우기 시작한
어린 손녀가 창밖을 내다보며
저 혼자 하는 말도 받아 적네
아 자연은 신비한 것

세상 그 누구도 한 적 없는
한마디 말을 하고 싶지만
하늘 아래 새로운 것은 없네
어느 시인은 말했지
나는 자연을 표절했노라고

시인은 말하지 않고, 듣고 본 것을 받아 적을 뿐이다. 사물의 소리가 갑자기 들리기 시작한다. 시인은 새의 목소리를 빌린 나무의 노래를 받아쓴다. 나와 새, 그리고 나무 사이에 소통의 채널이 열린다. 어린 손녀의 혼잣말도 못 알아들을 게 하나도 없다. 그래서 시인은 자연의 소리, 천지만물의 이야기를 받아쓰고 옮겨 적어 기꺼이 표절하는 존재가 된다. 어차피 "하늘 아래 새로운 것은 없"다. "세상 그 누구도 한 적 없는/한마디 말"에 대한 욕망을 내려놓자 새로운 하늘이 문득 열린다.

밀가리가 있으면
콩가리를 빌려다가
칼국시 맹글어 먹으면 좋을 낀데

생각해보니
홍두깨가 없네

—「홍두깨타령」 전문

부제가 '안상학 시인한테서 들은 오래된 안동 우스갯소리'다. 밀가리만 있으면 콩가리는 빌리면 된다. 일이 모두 마침맞게 잘되어 칼국시를 맹글어 먹으려고 보니 딱 한가지 홍두깨가 없다. 싱거운 얘기다. 하지만 어찌어찌 변통해 살아도 마지막 결정적인 한가지 앞에서 어이없이 무너지고 마는 것이 우리네 삶이 아닌가? 밀가루와 콩가루 반죽을 밀어 칼국수로 만들어 허기를 채워줄 요술방망이는 대체 어디에 있는가? 술자리의 싱거운 농담이 한순간에 삶의 비의(秘義)를 간파하는 말씀으로 날아오른다.

광장에서 오랜만에 만난 친구는 별일 없느냐고 묻는 내 물음에 "나는 문제 없어/나라가 걱정이지"라고 씩씩하게 대답하고, 그 대답이 「광장에서」가 되었다. 술집에서 나온 짧은 농담은 「장경호 화백의 말」로 받아 적었고, 김형영 시인한테 들은 강은교 시인의 첫 시집 이야기는 「허무집(虛無集)」에 그대로 옮겨 썼다. 전쟁통에 쏟아지는 폭탄 속에서 가방으로 자기 머리를 가리고 엎드린 아빠와 두 아이 머리를 감싸 안고 엎딘 엄마의 이야기는 이숭원 교수와 신달자 시인의 대화를 받아쓴 끝에 「품」이라는 시가 되었다.

김정환 시의 한 구절 "삶의 음풍농월이 시라면/삶은 어쩌라고?"에 대한 최정례 시인의 인용을 옮겨 적은 것이 「금광석 시인」이다. 「도천수관음가(禱千手觀音歌)」도 김정헌 화백의 말을 받아 적었다. 그런가 하면 「독서일기」 연작이나 「꼴라주 병신년 한국전쟁사」 같은 작품은 책 한 대목, 신문기사 한 조각을 모아 툭 내밀고 만다. 과히 무애(無碍)의 경지요, 종심소욕불유구(從心所慾不踰矩)의 툭 트인 경계다.

제목이 아예 '받아쓰기'인 작품도 두편이다.

어제는 비가 오더니
오늘은 쨍하고 해가 났다
가만히 창밖을 내다보던
아이가 혼잣말하듯

"햇빛 비치는 소리가 나네"

——「받아쓰기 1」 전문

창밖을 내다보던 아이의 혼잣말을 받아썼다. 「받아쓰기 2」에서도 "유리창에 붙어 서서/마당을 내다보던 아이"의 독백을 받아 적었다.

「그것은 참살」에서는 "수백명 어린 생명들을/속수무책으로 바다에 수장시키고/사십구재가 지나도록/그 쓴 바다 깊이를 모른다"라고 썼다. 김종삼이 「민간인」에서 "1947년 봄/심야/황해도 해주의 바다/이남과 이북의 경계선 용당포//사공은 조심조심 노를 저어가고 있었다./울음을 터뜨린 한 영아를 삼킨 곳./스무몇해나 지나서도 누구나 그 수심을 모른다."라고 했던 말투를 연상시킨다.

「헌화가」에서 "가을 물살에 꽃 한송이 띄워 보내느니/사무쳐 그리는 이 있음을 그대 아시거든/초승달 같은 눈짓으로 시늉이나 해주시게"를 읽다가, 미당의 「동천(冬天)」 중 "동지섣달 날으는 매서운 새가/그걸 알고 시늉하며 비끼어 가네"가 불쑥 떠오른다.

「대인(大人)」에서 "공중을 나는 새를 봐라/쟤네들이 돈 쓰고 사는 거 봤냐//그 말 끝나기 무섭게/코 고는 소리//문이 열렸다 닫힌다"는, 고려 때 시인 이규보가 「하일즉사(夏日卽事)」에서 노래한 "숨어 사는 이 잠이 깊어 코 고는 소리 우레인데, 바람 드는 사립문이 저절로 여닫히네(幽人睡熟鼾成雷, 唯有風扉自闔開)"를 불러낸다.

「북방에서」는 "연암은 말을 멈추고 요동벌을 바라보며/한바탕 목 놓아 울 만한 곳이라 했다지만/벗이여/칠월에 장마가 그치지 않거든/거기서 내가 울고 있는 줄 알라"라고 했다. 연암의 『열하일기』 속 명문 「호곡장론(好哭場論)」과 일합을 주고받은 절창이다.

이런 넘나들이는 귀가 순해진 한참 뒤, 하고 싶은 대로 다 해도 거리낄 것 없는 노년의 자재(自在)로운 언어여서 경계를 편하게 뛰어넘는다. 물론 그 안에 담은 생각마저 편하지는 않다. 시인은 방심하게 해놓고 선가(禪家)의 할(喝)과 방(棒)처럼 느닷없이 죽비를 한방 날린다.

3

절정으로 갈수록 키가 작아지는 뻐꾹채꽃 같은 시는 어떤가? 허균이 「송오가시초서(宋五家詩鈔序)」에서 말했다. "시의 원리는 자세하게 다 설명하고 곡진하게 다 말하는 데 있지 않다. 말은 끊어져도 이치는 이어지고, 가까운 데를 가리키면서 담은 뜻은 멀어야 한다. 가르쳐 전달하는 데 빠져들지 않고, 언어의 그물에 걸려서도 안 된다.(詩之理, 不在於詳盡婉曲, 而在於辭絶意續, 指近趣遠, 不涉理路, 不落言筌)" 다 설명하고 다 가르쳐주면 그게 설교이지 시이겠는가? 논리로 승복시키려 드는 순간 시는 시의 길을 벗어난다. 쉽게 말하되 깊은 뜻을 담는다. 말을 하되 말하지 않아야 이치의 그물에 걸려들지 않는다.

정처 없어라

구정물통에
박씨 하나

——「박씨」 전문

박씨 하나가 구정물통에 떨어졌다. 정처 없고 하릴없다. 이 박씨는 「그네들만의 축제」에서는 '그네'가 되었다가, 「주여 이 나라를 불쌍히 여기소서」에서는 "그 여자, 요술

102

쟁이 그 여자/죽은 파시스트의 피를/가슴 깊이 감춘 여자"
로 부연되지만 "역사는 개나 물어가라!"라고 외치는 것보
다 이 짧고 견결한 언어가 더 힘 있다.

세상에!
등에 업힌 저 개구리들 좀 봐

겨우내 얼마나 힘들었을꼬

—「경칩」 전문

서로를 등에 업고 추운 겨울을 났다. 경칩이라 봄이 깨
어나는데, 이 봄을 맞이하기가 그렇게 무겁고 힘들었다.
시인의 시선은 연민이 아닌 기쁨과 안도에 닿아 있다. 무
거워도 함께 업고 갈 때 겨울의 추위는 더이상 문제가 아
니라는 것이다.
「이별」 연작에서는 거의 하이꾸 풍으로 짧아졌다.

그대 떠나도
거기 있을 거야 나는

산이니까

—「이별 1」 전문

그대 보내고
우두커니 서 있네 나는

산이니까

—「이별 2」전문

'그대'가 떠난 뒤에도 그는 우두커니 서 있다. 산처럼.
기름기를 쫙 뺀 언어가 산꼭대기의 설해목(雪害木) 같다.
「남주 생각」에서는 젊은 날 김남주 시인에게 "뉘 섞인
밥을 먹듯 하는 어눌한 말투"가 답답하단 타박을 들었다
고 했다. 그래도 "기껏 목청을 높여보았자 자칫 몸과 목소리
가 따로 놀"까봐 그를 흉내 내지 않고 살아왔노라고 썼다.
특별히 근래의 어눌한 말투는 말줄임표의 행간 때문이다.

저 나무가 수상하다

'아름다운 그대가 있어
세상에 봄이 왔다'
나는 이 글귀를
한겨울 광장에서 보았다

스멀스멀
고목 같은 내 몸이

싹을 틔울 모양이다

—「봄나무」 전문

　찬 바람 부는 한겨울 광장에 "아름다운 그대가 있어" 세
상에 봄이 온다. 고목 같던 봄나무가 그 소리에 스멀스멀
근지러워 몸을 뒤챈다. 그대가 불러낸 봄에 내 몸이 싹을
틔운다. 물아(物我)가 삼투하여 너나들이를 시작한다. 세
상은 찬 바람만 쌩쌩 부는데, 고목 같은 내 몸이 수상쩍게
피어난다. 광화문광장의 세월호 집회를 시인이 굳이 호명
하지 않더라도 행간이 스스로 그 의미를 머금는다.

더는 이 세상 사람이 아닌
그의 시를 읽고 나서
나도 좀 착하게 살아야겠다 생각했다
더 늦기 전에
남의 집 마당이라도 쓸어주고는 가야 할 텐데
풍뎅아
어린 시절
네 목을 비틀어서 미안하다

—「신현정」 전문

　신현정 시인의 시가 착하게 살아야겠다는 생각을 받아
적게 했고, 남의 집 마당이라도 쓸어주어야겠다고 다짐하

105

다가, 한차례 붕 뛰어 어린 시절 뱅뱅 돌기를 시키려고 목
을 비틀었던 풍뎅이에게 던지는 사과로 이어졌다. 사물의
경계가 허물어지고, 시간의 간격이 무의미해진다.

그래도 시인은 그렇게 피어난 꽃이 영산홍의 선연한 붉
은빛 말고 진달래의 오련한 꽃빛이었으면 하고, 진달래꽃
진 자리에 어린잎이 돋을 때까지만의 봄이고 사랑이었으
면 한다. 미당이 "연꽃 만나고 가는 바람"을 말하더니, 시
인은 "섭섭기는 해도 나의 봄은/거기까지만"이라고 미리
선을 긋는다(「연두」).

이렇게 봄은 시인의 시 속에서 하나의 상징이 된다. 당
신을 생각할 때마다 '기루다'라는 말이 자꾸 떠오르는 것
도 "지난 삼월 이래 생겨난 현상"(「편지」)이고, 봄보다 먼저
온 삼월에 절대로 고개를 숙이지 않는 동강할미꽃의 기개
도 그저 읽히지 않는다(「동강할미꽃은 고개를 숙이지 않는다」).

4

성대중(成大中, 1732~1812)이 이덕무의 시집에 써준 서문
「영처집서(嬰處集序)」를 인용하며 글을 맺는다.

마음에서 생겨나서 말로 펴고, 그 말을 가려 글에다 나
타낸다. 이런 까닭에 글이란 말의 정채로운 것이요, 시

는 또 글 가운데 정채로운 것이다. 하지만 글이 갑작스레 정채로워질 수는 없다. 제재를 널리 취하고, 옛것에서 법도를 구하며, 오묘함으로 뜻을 짓는다. 드넓어진 뒤에 요약하고, 예스러워진 후에는 변화시키며, 오묘해진 다음에는 이를 발양시켜야 한다. 이 세가지가 갖추어져야 말이 정채로워진다. 그러나 기운이 굳세고 정신이 전일한 사람이 아니면 이를 지켜내기가 어렵다. 진실로 억지로 굳세게 하거나, 애를 써서 온전하게 한다면 그 마음을 해치게 될 뿐이니, 어찌 능히 그 말을 정채롭게 하겠는가? 이런 까닭에 글이 정채로운 것은 반드시 그 사람이 굳세고 또 오로지 집중하기 때문이다.

말을 가려 글이 되고, 글이 농축되어 시가 된다. 시는 언어의 엑기스요 고갱이이다. 널리 취해 요약하고, 옛 법도를 받아 변화하며, 오묘함을 푹 숙성시키는 삼합(三合)의 순간을 지켜내야 시인의 월계관이 허락된다. 억지 시늉이 어눌한 말투를 이길 수 없다.

"서정시를 쓰기 힘든 시대"에 우리가 산다. 시인은 칼국수를 만들어줄 홍두깨를 찾다가 "내게 노래가 없다면/내게 꿈마저 없다면/나는 무엇인가"(「독서일기 2」)라고 되묻는다. 그 간절한 마음이 천지만물에 가닿아 받아쓰기의 대화 채널이 활짝 열렸다.

鄭珉 | 한양대 국문과 교수

107

마음을 다스리지 못하니 말에 가시가 돋친다.

시집을 묶으면서도 마음이 흡족하지 않다.

좋은 언어로 세상을 채우자던 신동엽 시인의 말이 문득 생각난다. 그 말이 나온 게 50년 전 일이니 내가 처음 시를 쓰기 시작할 무렵의 일이다. 서글픈 일이지만 50년이 지난 지금 나는 아직 그 지점에 서 있다. 아니 '아직'이 아니라 '이제사'라고 해야 옳겠다. 나를 사랑하는 모든 분들께 미안하다. 그동안 내가 부려먹은 모든 언어에게도.

2019년 늦봄
정희성